kiss
Kaho Miyasaka

Introduction

Haruna vient de vivre une rupture douloureuse et, malgré les conseils avisés de ses amies, elle se laisse sérieusement aller. Tout va changer le jour où, par inadvertance, elle échange son portable avec le très séduisant et décrié **Mitsuki Fujikawa.** Haruna, consciente de la réputation de Don Juan du jeune homme, tente de toutes ses forces de résister à son magnétisme...
Laisser s'approcher un garçon au cou duquel toutes les filles se jettent ? Pas question ! Avec son ex, Haruna a déjà donné ! Mais Mitsuki n'a pas l'intention de laisser cette si irritante camarade de classe l'ignorer. C'est alors que l'ex de la jeune fille la relance. Comment Haruna va-t-elle se tirer de ses mésaventures sentimentales ? Un bras de fer romantique et palpitant commence entre nos héros. Qui fera céder l'autre en premier ?

Sommaire

JUSTE UNE FOIS...
... JE SUPPOSE QU'IL N'Y A PAS DE MAL...
... À SE LAISSER ALLER JUSTE UNE PETITE FOIS...
Real Kiss

Real Kiss

C'EST FINI...
...
... ENFIN JE CROIS...
JE SUIS SÛRE QUE JE DOIS DÉGOÛTER LES GARÇONS COMME ÇA...
SI TU LE SAIS, ALORS ARRÊTE !
C'EST PAS POSSIBLE D'EN ACHETER AUTANT...
AH NON !
ÇA FAISAIT SI LONGTEMPS QUE JE N'AVAIS PAS PU ACHETER DE BRIOCHES À LA CRÈME ! IMPOSSIBLE DE RÉSISTER !
PAS LE CHOIX !
プリン
HARUNA ! TU TE LAISSES VRAIMENT TROP ALLER DEPUIS QUE TU AS ROMPU AVEC TON COPAIN !
TU OUBLIES TA FÉMINITÉ !
MOUCH MOUCH
TU TROUVES ?
ARRÊTE D'ENGLOUTIR TOUT ÇA !
PFFF... C'EST UN CAS DÉSESPÉRÉ !
* BRIOCHE À LA CRÈME ENCORE PLUS CRÉMEUSE !

FRANCHEMENT PAS SEXY !
ARGH...
FUJI-KAWA ...
CRUNCH
!!
...
MOUARF FOUARF ? BOUARF MOUF MOUF MOUF MOUF !
TRADUCTION : ET ALORS ? POUR QUEL-QU'UN QUI CHANGE DE COPINE COMME DE CHEMISE ! ZZZZ
TU PARLES QUELLE LANGUE, LÀ ?

HEEEEEEEEE !!!
ÇA FAIT TROIS JOURS QUE JE N'AI PAS PU EN AVOIR !!
QUOI ? TU AS UN PROBLÈ-ME ?
QU...
ESPÈCE DE...
BOM !
SRASH
PLONC
SRASH

ALORS LÀ, TU M'ÉNERVES !!
T'ENTION LES JAMBES !
QUOI ?

TROP SEXY !
QU...
À TOUS LES VENTS...
GNICK !!
OUH ...
J'AI UNE CRAMPE ...
GNNNIIIH ...
MA JAMBE...
TIENS ! TES BRIOCHES...

MF...
QU'EST-CE QU'IL A À SOURIRE COMME ÇA ?!
MAIS QU'EST-CE QUE TU FABRIQUES, FUJIKAWA ?
HARUNA ! AVOUE ! TU EN PINCES POUR LUI ?
MOI ?
QUÔAAA ?!
C'EST TOUT LE CONTRAIRE !
AH BOOOOON ?! ON AURAIT PAS CRU, VOUS AVEZ L'AIR TELLEMENT COMPLICES EN CLASSE, COMME MAINTENANT ...
DU TOUT, DU TOUT, DU TOUT !!
DU TOUT, JE VOUS DIS !
EN PLUS, IL PARAÎT QUE C'EST UN VRAI DON JUAN !
ET POURTANT, LES FILLES SE JETTENT PAR GRAPPES À SON COU !
AH ÇA... ON DIT TELLEMENT DE CHOSES ... CLAIR...
ON DIT QU'IL A PIQUÉ LA COPINE D'UN AMI, OU QU'IL A FAIT DES TRUCS AVEC UNE STAGIAIRE ET AUSSI AVEC LA FEMME D'UN VOISIN...
HEIN ?
PF...
...
POURTANT, IL EST PLUTÔT MIGNON ...
UN VOISIN ? OÙ ÇA ?
KYAH HA HA !

MITSUKI FUJIKAWA...
... IL ME DÉSTABILISE UN PEU...
NON...
PAS QU'UN PEU... BEAUCOUP...
...
PARCE QUE... QUAND JE LE REGARDE, ÇA ME RAPPELLE...
CTCHACK !
HOP !
HARUNAAA ! TU VAS AU BOULOT ?
BYE, BYE !
AH ! OUI, SALUT ! ET TOI, TU REJOINS TON COPAIN ?
YEP !
SON COPAIN...
ÇA SONNE BIEN...

BON... C'EST BIEN BEAU, MAIS...
OUI ENFIN...
MINCE ALORS ! LES NUAGES RES-SEMBLENT TROP À DES BRIOCHES...
JE DEVRAIS PEUT-ÊTRE EN ACHETER EN RENTRANT...
PI LI LI LI LI !
OUAH !!
OUI, ALLÔ ?
FRANCHE-MENT PAS SEXY !
GASP...
FRANCHEMENT PAS SEXY !
FU...
FUJIKA-WA ?!
CETTE VOIX...
DINGUE ! TU M'AS RECONNU RIEN QU'À MA VOIX ? TU EN PINCES POUR MOI OU QUOI ?
QU...
POURQUOI TU M'APPELLES SUR MON PORTABLE ? ET COMMENT TU AS EU CE NUMÉRO ?!
PARCE QUE C'EST LE MIEN, BANANE !
HEEEIN ?!
TON PORTABLE, LÀ, C'EST LE MIEN !
?!
HEEEIN ?!

QUOI ?
COMMENT ÇA ?!
IL EST POURTANT COMME LE M...
ON A LE MÊME MODÈLE.
AH !
ÇA S'EST PASSÉ TOUT À L'HEURE ?
JE NE SUIS PLUS À L'ÉCOLE.
RAPPORTE-LE-MOI TOUT DE SUITE !
JE T'ATTENDS.
ESPÈCE DE SALE TYYYYYPE !!

ÇA ALORS ! ON AVAIT DONC INTERVERTI NOS TÉLÉPHONES TOUT À L'HEURE...
ET EN PLUS, IL FALLAIT QU'ON AIT LE MÊME MODÈLE ! TU DEVRAIS LE PERSONNALISER AVEC UN STRAP ! (JE PEUX BIEN PARLER, MAIS BON...)
ON A LES MÊMES GOÛTS, LE CHOC...
PFF... TU ES LENTE AU DÉMARRAGE ! NE PAS VOIR LA DIFFÉRENCE AVEC TON PORTABLE ! FAUT LE FAIRE !
TU N'AVAIS QU'À LE DIRE PLUS TÔT SI TU SAVAIS, GROS MALIN !
...
... DIS VOIR, C'EST QUOI CE DÉGUISEMENT ?
MISS BINOCLES ?
PASSE-PARTOUT...
LÂCHE-MOI !
C'EST POUR CONDUIRE MA MOBYLETTE !!
RENDS-MOI LE MIEN !
RHÔÔÔ... C'EST TROP EMBARRASSANT...
JE DOIS ALLER AU BOULOT, LÀ !
CLAP !
LES PHOTOS DANS TON FICHIER... C'EST TON EX ?
QU...
TU AS OSÉ REGARDER ?
DANS MON PORTABLE...

ALORS COMME ÇA, TU EN AS GARDÉ ?
ON A DES REGRETS ?
C...
C'ÉTAIT UN PIÈGE ?!
GNNNNNH...
CTCHACK
C'EST BON ! JE NE VEUX PLUS LE VOIR !
IL M'ÉNERVE !
KTCHACK
CTCHACK
IL M'ÉNERVE !
CTCHACK
IL M'ÉNERVE !
CTCHACK
CTCHACK
POURQUOI ÇA NE DÉMARRE PAS ?!
ELLE EST EN PANNE ?
C'EST PAS POSSIBLE !

OH NON... QU'EST-CE QUE JE VAIS FAIRE ?
TCHLK
TCHLK
SI TU VEUX, JE TE DÉPOSE ?
NON !
ÇA VA ALLER !
JE CROYAIS QUE TU ALLAIS AU BOULOT ?
CE SOURIRE IMPUDENT...
OUH...
...
... OUH ...
DÉFAITE
POUH !
TU... TU PEUX M'EMMENER...

HEEEEEE !!
MAIS ATTENDS !!
MON BOULOT, C'EST PAR LÀ !!
RHÔÔ !
OÙ TU M'EMMÈNES, LÀ ?!
POURQUOI CE TROUBLE ?

COMMENT SUIS-JE ARRIVÉE LÀ ?
EFFON-DRÉE
PFFF...
J'AI RÉUSSI À FAIRE EN SORTE QU'IL M'EMMÈNE PRÈS DE MON TRAVAIL, MAIS...
IL M'ÉNERVE À EMBÊTER LES AUTRES...
IL CONDUISAIT À FOND, JE SUIS TOUT ÉBOURIFFÉE...
UNE BOISSON ?
LE PLUS CHER, S'IL TE PLAÎT !
GRHÔO !
イラッ
SI J'ARRIVE EN RETARD AU BOULOT, ÇA SERA TA FAUTE !
"SI" !
DÉCIDÉMENT...
CE... CE TYPE...
JE NE SAIS JAMAIS COMMENT RÉAGIR AVEC LUI.
IL SE MOQUE DES AUTRES...
IL BADINE...
IL TAQUINE...
... IL SE FAIT REMARQUER...
... ET EN PLUS...

BON…
… JE DOIS AVOUER QU'IL EST PLUTÔT BEAU… MAIS BON…
MITSUKI !
C'EST QUI, CETTE FILLE ?
POURQUOI TU NE RÉPONDS PAS À MES MAILS ?
JE N'AI PAS ARRÊTÉ DE T'EN ENVOYER DEPUIS HIER !
TU M'ÉVITERAIS PAS UN PEU, DES FOIS ?
ME DIS PAS QUE TU ÉTAIS AVEC CETTE NANA PENDANT TOUT CE TEMPS ?
HEIN ?
ALORS ?!
ET PENDANT CE TEMPS, MOI, JE POIREAUTAIS !
C'EST PAS COOL !
ÇA…
JE NE SAIS PAS, MAIS ÇA SENT MAUVAIS…
DWOSH…
DÉSOLÉ !

EN CE MOMENT, IL N'Y A QU'ELLE QUI COMPTE POUR MOI !
?!
HEIN... HEEEIN ?!
EN PLUS, VU LE PEU QU'IL Y A ENTRE NOUS...
... JE N'AI PAS DE COMPTES À TE RENDRE !
GNCK...
ズキ
DASH
ダッ
OUAH !!
NON, ATTENDS !!
CE N'ÉTAIT PAS LA PEINE DE LUI PARLER COMME ÇA !
C'EST POURTANT TA COPINE, NON ? UN PEU DE DÉLICATES...
HARU-NA...
... J'AIME PAS QUE TU JOUES LES FLICS AVEC MOI !
...
À QUOI BON METTRE DES GANTS ? POUR CE QUE ÇA CHANGE !

J'AI UN PRINCIPE : NE JAMAIS M'IMPLIQUER SÉRIEUSEMENT AVEC UNE FILLE QUI M'AIME SINCÈREMENT.
JE TE METS MAL À L'AISE, C'EST ÇA ?
... OUI, MAIS QUAND MÊME...
OUI !
TOUT DE GO...
...
ÇA M'EMBÊTERAIT QUE TU TE PASSES LES NERFS SUR MOI À CAUSE D'UN AUTRE !
QUOI ?
JE NE VOIS VRAIMENT PAS CE QUE TU VEUX DIRE !
WUP !
REGARDE CE QUE J'EN PENSE !
GTAK
GTAK
GTAK
J'AVAIS DONC VU JUSTE !

C'EST...
COMMENT DIRE ? TU VOIS, TA FAÇON DE CHANGER DE COPINE COMME DE CHEMISE ? ÇA ME GÊNE. J'AI L'IMPRESSION QUE TU ES SUPERFICIEL.
C'EST GENTIL TOUT ÇA, MAIS JE SUIS CÉLIBATAIRE, JE PEUX DONC TRAÎNER AVEC QUI JE VEUX !
QUOI ?
TU ES CÉLIBATAIRE ?
ET CE QUE TU DISAIS À CETTE FILLE ? TU INSINUAIS QU'IL Y AVAIT QUELQUE CHOSE ET QUE TU NE VOULAIS RIEN LUI DEVOIR ?
C'EST CETTE FILLE QUI EST VENUE ME PROPOSER D'ÊTRE SON AMI.
SI ELLE T'AVAIT BOMBARDÉE DE MAILS TOUTE LA JOURNÉE, TU LUI AURAIS RÉPONDU, TOI ?
OUH... AH... OUI MAIS QUAND MÊME...
... IL Y A EN TOI QUELQUE CHOSE QUI LEURRE LES FILLES ! TU AS UNE DRÔLE D'AURA...
EN TOUT CAS, MOI, JE LA VOIS !
TU DÉGAGES TROP DE PHÉROMONES POUR TON BIEN !
...
ON DIT PLEIN DE CHOSES : QUE TU AS COUCHÉ AVEC LA COPINE D'UN DE TES AMIS...
... QUE TU FAIS COCU DES GENS DE TON VOISINAGE...
... QU'UNE STAGIAIRE A QUITTÉ SON TRAVAIL APRÈS QUE TU AS COUCHÉ AVEC ELLE ET QUE TU L'AS LARGUÉE !
DES RUMEURS TOUT ÇA !
...
BON, JE LE SAIS BIEN, MAIS ...
EH HÉ !
... ENFIN BREF, JE N'AIME PAS ÇA !

SI JE SUIS UN AUSSI SALE TYPE, TU DOIS AVOIR ENVIE DE M'ÉLIMINER ?
KTAC !
TU VEUX VÉRIFIER ?
SI JE SUIS COMME LA RUMEUR LE DIT ?
OU ÇA TE FAIT PEUR ?

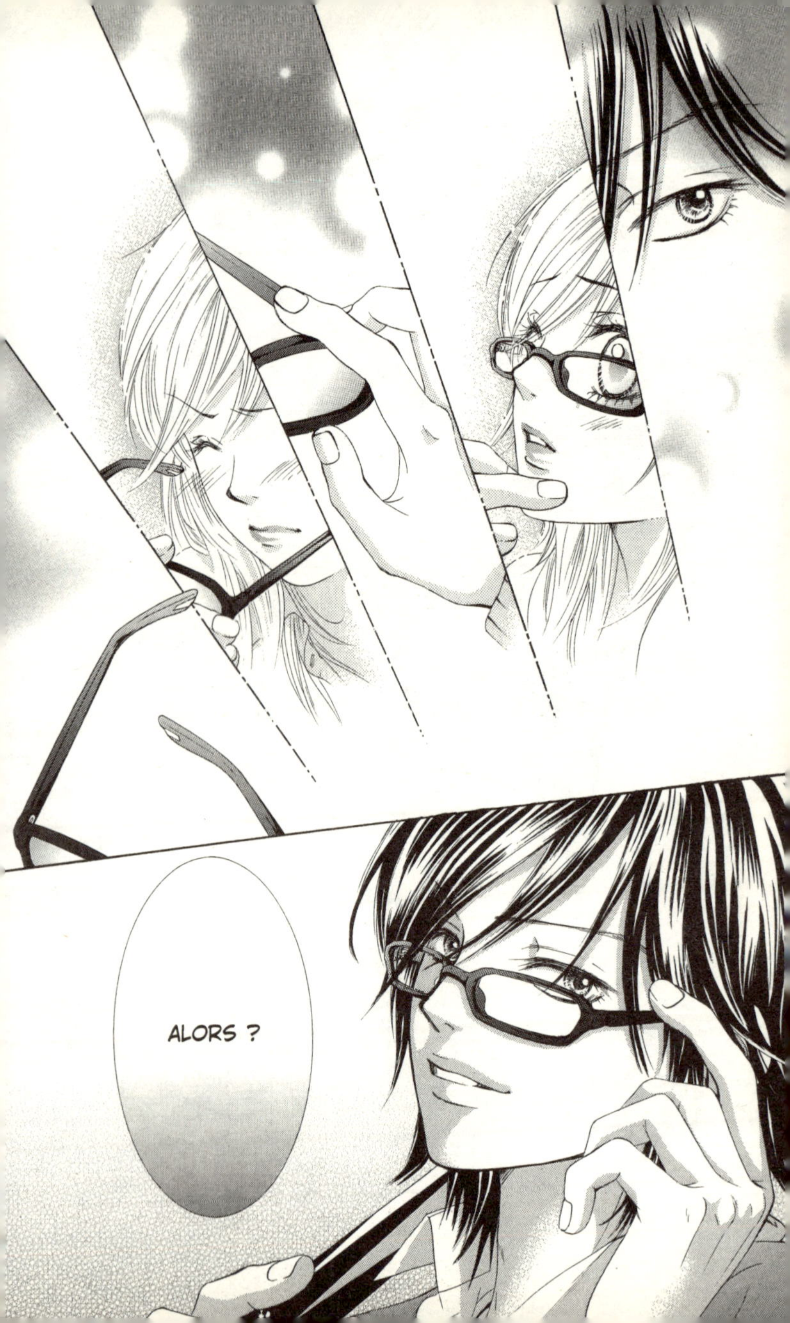
ALORS ?

VOILÀ !
C'EST COMME ÇA QUE TU EMBOBINES TOUT LE MONDE...
DIS...
... TU VIENS CHERCHER...
IL ME MET MAL À L'AISE...
... TES LUNETTES ?
ÇA DEVRAIT POURTANT ME PERTURBER...

ÔTE-LES TOI-MÊME !
OU VA EN ENFER AVEC !!
JE... C'EST BON !
JE DOIS ALLER AU BOULOT !
SALUT !
HÉ !
CE SERAIT PAS TON EX, LÀ ?
REGARDE !
QUOI ?
DE QUI TU PARLES ?!
KAZUKI !
MAIS OUI ! C'EST ELLE !
C'EST BIEN TON EX !
HEEEIN ?

INCONNUE AU BATAILLON !
C'EST QUI CETTE NANA ?
OH NON... POUR-QUOI ? STOP !
FUJIKA-WA...
NON ...
DASH !
POUR-QUOI FAUT-IL QUE JUS-TEMENT MAINTE-NANT...
... NE SURTOUT PAS LES REGARDER.

QU'EST-CE QUI M'A PRIS DE ME DÉFILER COMME ÇA ?
ÇA ME DÉRANGEAIT TELLEMENT QUE FUJI-KAWA SACHE QUE C'ÉTAIT MON EX...
EST-CE QUE C'ÉTAIT PARCE QUE JE NE SUPPOR-TAIS PAS QU'IL ME VOIE DANS UNE SITUATION AUSSI HUMI-LIANTE ?
JE NE SAIS PAS TROP...
HARUNA ! TU PEUX RENTRER SI TU VEUX.
MERCI !
BON BOU-LOT !
C'ÉTAIT PITOYABLE...

FUJIKA-WA ?
QU'EST-CE QUE TU FAIS ICI ?
COMMENT COMPTAIS-TU RENTRER SANS MOBY-LETTE ?
ET EN PLUS, C'EST MOI QUI T'AI TRAÎNÉE LÀ-BAS...
QU...
QU'EST-CE QUI TE PREND ?
TU TE SENS COUPA-BLE ?
QUOI ENCO-RE ?
ARRÊTE DE TE PRENDRE POUR UN CHEVALIER SERVANT !
ARRÊTE !
DIS QUELQUE CHOSE ...
HUM ...
TU SAIS...
... LE GARÇON QUE TU AS VU ÉTAIT MON EX. NOTRE RUP-TURE A ÉTÉ DIFFICI-LE...
AU DÉBUT, ON ÉTAIT AMIS, MAIS J'AVAIS LE BÉGUIN POUR LUI, JE ME SUIS DÉCLARÉE ET IL A ACCEPTÉ.

MAIS À PEINE UN MOIS APRÈS, IL ME TROMPAIT DÉJÀ..
ET EN PLUS, AVEC SON EX !
IL A DIT QUE J'ÉTAIS TROP COLLANTE, ET IL M'A LARGUÉE.
C'EST ÉTRANGE...
J'AI APPRIS APRÈS QU'IL N'AVAIT JAMAIS ROMPU AVEC SA COPINE ET QUE C'ÉTAIT ELLE QU'IL TROMPAIT AVEC MOI.
C'EST IDIOT, HEIN ? QUAND J'AI SU QU'IL SORTAIT AVEC D'AUTRES FILLES QUE NOUS DEUX, JE L'AI ENCORE PLUS PRIS EN GRIPPE ET...
QU'EST-CE QUI ME PREND ...
C'EST POUR ÇA QUE JE...
... DE LUI PARLER DE ÇA ?
OH NON...
... J'AI LEVÉ MA GARDE ?
ET ?
QU'EST-CE QUE TU ATTENDS DE MOI ?
... HEIN ?

QUE JE TE CONSOLE ?
TU ME BALANCES TES HISTOIRES AVEC UN AUTRE ET TU ATTENDS DE MOI DES MOTS GEN-TILS ? SANS BLAGUE !
TU RÊVES !
LÀ, TU COMMENCES À ME CHAUF-FER !
QU... QUOI ?
C'EST TOI QUI TOUT À COUP AS VOULU TE MONTRER GENTIL !
QU'EST-CE QUE TU DIS ?
TOI AUSSI TU MANIPULES LES AUTRES EN LEUR RACONTANT N'IMPORTE QUOI...
... TU LES BLESSES ...
TU TROUVES ÇA DRÔLE ? EN TOUT CAS, PAS MOI !
AH OUI ? POURQUOI TU TRAÎNES AVEC MOI, ALORS ?
TOUT LE TEMPS...
... AVEC MOI...
SI TU ES LÀ, C'EST QUE TU LE VEUX, NON ?
... AH...

JE TE DÉTESTE !!
ARRÊTE DE ME LE RAPPELER !
CRÉTIN !!
C'EST ÇA QUE JE DÉTESTE CHEZ TOI : TU ES TOTALEMENT ÉGOÏSTE, COMME LUI !!
VA EN ENF...
CLUTCH !

...!
BAM !
HUF...
ET ÇA AUSSI...
... OUH ...
... ÇA TE LE RAPPELLE ?
ET MAINTENANT ? JE SUIS COMME LA RUMEUR LE DIT ?

TU M'ÉNERVES.
QU...
IL M'EM-BRASSE ...
... ET ENSUITE IL DIT QUE JE L'ÉNER-VE ?
JE N'Y COM-PRENDS RIEN...

AH ! HARUNA ?!
C'EST QUOI CETTE MINE AFFREUSE ?
TES YEUX SONT TOUT BOUFFIS...
JE N'Y COMPRENDS VRAIMENT RIEN...
C'EST RIEN...
FUJIKAWA NE M'ADRESSE PLUS LA PAROLE DEPUIS...
MÊME EN CLAS-SE...
... OU QUAND ON SE CROISE DANS LE COU-LOIR...

ET AUCUN APPEL...
... SUR MON PORTABLE...
ÇA NE DEVRAIT RIEN ME FAIRE...
... ALORS POURQUOI JE ME SENS SI IRRITÉE ?
PU LU LU LU
PU LU LU LU
FUJIKA-WA ?!
BLAF !
AH...
SUPER, TU AS GARDÉ LE MÊME NUMÉRO...

TU M'AS RECONNU ? C'EST MOI, KAZUKI !
POUR HIER... DÉSOLÉ, HEIN ? T'ES PAS FÂCHÉE ?
SI J'AI DIT ÇA, C'EST PARCE QUE MA COPINE ÉTAIT LÀ. JE NE POUVAIS PAS TE PARLER, TU COMPRENDS ?
AH, AH...
ALLÔ... TU ES TOUJOURS LÀ ?
QUELLE IDIOTE JE FAIS...
HARUNA ?
EN TE REVOYANT HIER, J'AI EU UNE RÉVÉLATION...
JE ME SUIS DIT QUE TU ME PLAISAIS VRAIMENT...
DIS, ÇA TE DIRAIT QU'ON SE VOIE, AUJOURD'HUI ?
HARU...
... UNE VRAIE GOURDE...
POUICH...

CLICK
カチ
CLICK
カチ
CLICK
カチ
*
003 西川
004 奈良杏子
005 際 和紀
006 平山友里
007 本田沙奈
008 松岡なつみ
* 003 YÛ NISHIKAWA
004 KYÔKO NARA
005 KAZUKI HARA
006 YÛRI HIRAYAMA
007 SANA HONDA
008 NATSUMI MATSUOKA
**
No.005を消去しますか
はい
いいえ
** DÉSIREZ-VOUS EFFACER N° 005 ?
OUI - NON
***
消去しました
*** NUMÉRO EFFACÉ
C'EST VRAI ÇA...
.. LA SEULE CHOSE QUI M'EST INSTANTANÉMENT VENUE À L'ESPRIT...
FUJIKAWA !

MES LUNETTES ! RENDS-LES-MOI !
CETTE FAÇON QU'IL A DE FIXER LES GENS DROIT DANS LES YEUX...
VIENS LES CHERCHER !
... JE N'AVAIS JAMAIS VU ÇA...

JE ME SUIS PEUT-ÊTRE FAIT PIÉGER...
... MAIS...

...
FINALEMENT, ÇA N'EST PAS UN MAL...

TU VOIS, QUAND TU VEUX ?
ŒIL POUR ŒIL !
ÇA NE ME DÉPLAÎT PAS TANT QUE ÇA...
... HM, VRAI-MENT ?
... MAIS ...
CE SOURIRE ENTENDU EST EXAS-PÉRANT...
PENDANT QUE TU ES DANS CET ÉTAT D'ES-PRIT...
... SI ON PASSAIT AUX CHOSES SÉRIEUSES ?
JE VAIS FAIRE EN SORTE QU'IL NE VOIE PLUS QUE MOI !
PAS QUESTION D'ÊTRE EN RESTE !

Real Love

À PART SA FAÇON D'EMBRASSER, JE NE SAIS PAS GRAND-CHOSE SUR FUJIKAWA...

Real Love

QUAND JE L'EMBRASSE, ÇA ME DONNE ENVIE DE L'AVOIR POUR MOI TOUTE SEULE...

OUAH !

AUJOURD'HUI, C'EST LE JOUR DES BRIOCHES À LA CRÈME !
JE DOIS Y ALLER !
POUF...
AH BON ? TU ME SEMBLAIS BIEN DISPOSÉE POURTANT...
BLUUSH !
...
... TU...
TU PARLES ! C'ÉTAIT PAS MAL, C'EST TOUT...
ET POUR AUJOURD'HUI...
POF
POF !

ET LÀ ?
POUH...
LES BRIOCHES J'AI DIIIIIT !!

BAM !
... C'ÉTAIT MOINS UNE...
... J'AI FAILLI PERDRE LES PÉDALES...
OUH... GARE, GARE...
HUF... ゼェ ゼェ HUF...
HUF... ハァ ゼェ HUF...
ゼェ HUF...
...
À MON AVIS, IL SAIT TRÈS BIEN EMBRASSER...
... SI ON AVAIT CONTINUÉ COMME ÇA, JE PENSE QUE JE LUI AURAIS CÉDÉ...
JE CROIS...
AH HA !
BON...
JE DOIS DIRE QUE JE MANQUE D'EXPÉRIENCE POUR COMPARER !

MAIS...
... JE NE SUIS PAS UNE FILLE FACILE !
VU SA RÉPUTATION DE DON JUAN, PAS QUESTION DE LUI FACILITER LES CHOSES PARCE QUE JE SUIS SA COPINE !
JE VEUX QU'IL COMPRENNE QUE JE SUIS DIFFÉRENTE DES AUTRES...
JE VOUDRAIS PENSER QUE JE SUIS SPÉCIALE.
C'EST PEUT-ÊTRE UN PEU FOURBE DE LE METTRE À L'ÉPREUVE, MAIS...
MAIS ENFIN...
... À PART SA FAÇON D'EMBRASSER ET CE QU'IL LAISSE TRANSPARAÎTRE, JE NE SAIS RIEN DE LUI...
ZUM...

ZRAPOOM ZRAP
ZRAF...
BLIP !
ENCORE ?!
0001
From:和紀
Sub:和紀だよ♡
この間のメール
読んでくれた?
なんで返信くんな
いんだよ
* 001
DE : KAZUKI
SUJET : C'EST MOI ♡! TU AS LU MON MAIL ? POURQUOI TU NE RÉPONDS PAS ?!
ZRAPOUM
HARUNA ! TON PORTABLE SONNE !
ZRAPOUM

LAISSE TOMBER ! C'EST JUSTE UN MAIL DE MON EX !
HEIN ?!
VOUS ÊTES TOUJOURS EN CONTACT ?
NON !
JE SUIS TOMBÉE SUR LUI LA FOIS DERNIÈRE, ET DEPUIS, IL ME BOMBARDE DE MAILS...
ZRAPOUM
TROP SPACE CETTE SONNERIE. C'EST LA SIENNE ?
ZRAPOUM
OUBLIE-LE CE COUREUR DE JUPON !
ZRAPOUM
J'AI BEAU BLOQUER SON NUMÉRO, IL TROUVE TOUJOURS UN MOYEN DE M'ENVOYER DES SMS...
VOUS ÉTIEZ BIEN DU MÊME COLLÈGE, HARUNA ? DU COUP, IMPOSSIBLE DE SAVOIR QUI LE RENSEIGNE...
TU L'AS DIT À FUJIKAWA ?
...
À FUJIKAWA...
BEN, C'EST DUR D'ABORDER LE SUJET DE MON EX AVEC LUI. EN PLUS, TU PEUX ÊTRE SÛRE QUE ÇA VA FINIR PAR UN "OUBLIE-LE"...
TU LUI ACCORDES PEU DE CRÉDIT...

MAIS SI...
ENFIN BON, JE DOUTE QUE FUJIKAWA FASSE GRAND CAS DE MON EX...
CE QUI VEUT DIRE...
C'EST CLAIR QUE C'EST PAS IMPORTANT POUR LUI...
C'EST VRAI, C'EST TOUT À FAIT LUI, ÇA..
DIS...
BON, JE SUIS TOMBÉE DE HAUT QUAND TU M'AS ANNONCÉ QUE TU SORTAIS AVEC FUJIKAWA... MAIS PUISQUE C'EST TON COPAIN, IL DEVRAIT RÉAGIR, NON ? SI TU LUI EN PARLAIS ?
À LUI ?! TU CROIIIIS ?
TU N'AS PAS CONFIANCE EN LUI OU QUOI ?
C'EST CLAIR QUE MOI AUSSI, J'AI ÉTÉ SURPRISE !
AVEC SA RÉPUTATION AVEC LES FILLES... CES HISTOIRES AVEC LA FEMME DE SON VOISIN. TU ES SÛRE DE TOI ?
JE...
POUR ÇA, JE PENSE QUE JE PEUX LUI FAIRE CONFIANCE. CE SONT JUSTE DES RUMEURS...
C'EST BEAU L'AMOUR ! ♡
OH, ÇA VA, HEIN !
AH, AU FAIT, TU FAIS QUOI LE 14 ? TU LE PASSES AVEC LUI ?
VOUS L'AVEZ DÉJÀ FAIT ?
OUEURK !
OH OUI ! ALORS ? IL ÉTAIT COMMENT ? IL T'A ENVOYÉE AU SEPTIÈME CIEL ?
PLUS INTÉRESSÉES PAR CETTE QUESTION...
ÉHO ! ON AURAIT PAS PLUS IMPORTANT À PENSER, LÀ ?!

ON L'A PAS ENCORE FAIT !
LÂCHEZ-MOI AVEC ÇA...
QUOI ? INCROYABLE ! NE ME DIS PAS QUE TU N'ES JAMAIS ALLÉE CHEZ LUI ?
N... NON !
QUOIII ? ON L'AURAIT POURTANT CRU DU GENRE À PASSER À L'ACTION LE TOUT PREMIER JOUR !
HEEIN !
... C'EST QUOI CE GENRE ?!
BON, ALORS CETTE SAINT-VALENTIN PROMET D'ÊTRE MÉMORABLE ! ♡
OFFRE-LUI DES CHOCOS FAITS MAISON ! ♡
DES...
... DES CHOCOS ?
JE NE SAIS PAS S'IL EN MANGE...
IL N'A PAS L'AIR TRÈS AMATEUR DE SUCRÉ...
BON, DANS CE CAS, TRICOTE-LUI UN PULL, JE NE SAIS PAS, MOI...
TRI... TRICOTER ?
MH-HHH-HHH-HHH-HHH-HHH-HHH-HHHH...
INTERMINABLE.
QU'EST-CE QUE C'EST LOURD...
HUM...
ÇA NE LUI VA PAS...
OUH...
"FAIT MAISON"... ÇA NE COLLE PAS DU TOUT AVEC LUI...
ÇA... ÇA NE SERAIT PAS UN PEU TROP LOURDINGUE ?
BOF... C'EST SÛR, MAIS LE SIMPLE FAIT QUE LEUR COPINE A TRICOTÉ ELLE-MÊME LEUR PULL FAIT PARFOIS PLAISIR AUX GARÇONS. EN TOUT CAS, ÇA A MARCHÉ POUR MOI.
...
LA SAINT VALENTIN... À PART MES CERTITUDES ET L'IMAGE QUE JE ME FAIS DE LUI, JE NE SAIS RIEN DE FUJIKAWA...

PARADOXALEMENT, CE SERA UNE OCCASION DE MIEUX LE CONNAÎTRE...
HÉÉÉÉÉÉ
...
HARUNA
JE LE SAVAIS ! ON NE PEUT PAS LUI FAIRE CONFIANCE !
C'EST QUOI CETTE HISTOIRE ?!
JE SAIS QUE TU AS UNE COPINE, MAIS JE N'ABANDONNERAI PAS !
ÇA NE ME DÉRANGE PAS DE PASSER EN DEUXIÈME.
SORS AVEC MOI !

D'ACCORD !

PAR CONTRE N'ESPÈRE JAMAIS PASSER EN PREMIER !
QUOI ?!
QUOI ?!
QUOI ?!
GASP
QUEL...
QUEL...
QUEL SALE TYYYYPE !!

DASH
OH
AH... MAIS ALORS...
SI JE COMPRENDS BIEN, JE SERAI TOUJOURS LA PREMIÈRE ?
QUI A PARLÉ DE TOI ?
QUE...
MAIS POURQUOI ?
!

TU VAS AU BOULOT APRÈS, NON ?
VLAF !
ARRÊTE DE M'EM-BROUILL...
...
?
C'EST QUOI, ÇA ?
DES BRIOCHES À LA CRÈME ?
UN... UN SAC ENTIER ?
TU LES ADORES, IL ME SEMBLE ?
... AH...
* BRIOCHE À LA CRÈME

ARRÊTE DE TE MOQUER !
BIZZ ...
SLURP !
BAF !
OUH ?!
C'EST SUCRÉ ...
TU MANGES TROP DE BRIOCHES...

* OPÉRATION SAINT-VALENTIN

ELLES ONT L'AIR DE BIEN S'AMUSER...
TOI AUSSI, TU VAS OFFRIR DES CHOCOLATS À TON COPAIN DEMAIN, HARUNA ?
...
SI JE ME RISQUE À EN OFFRIR À CE TYPE, IL N'Y AURA PLUS DE LIMITE À SON TRIOMPHE. J'Y RÉFLÉCHIS...
EN PLUS, JE N'AI PAS ENVIE DE DÉPENSER MON ARGENT POUR LUI...
EH BEN, JE ME DEMANDE À QUOI IL RESSEMBLE...
EST-CE QUE ÇA LUI FERA PLAISIR À LUI AUSSI, SI JE LUI OFFRE UN CADEAU ? IL EST DU GENRE À DIRE QUE JE L'AGACE, ET DE QUAND MÊME TOUT MANGER... ET LE JOUR DU WHITE DAY ?
NE RÊVONS PAS, IL NE ME RENDRA SÛREMENT PAS LA PAREILLE
ET LÀ, JE SUIS POSITIVE...
QUELLE PLAIE ! MOI QUI DEVRAIS ME FAIRE UNE FÊTE DE CETTE OCCASION !
HARUNA ! TU PEUX VENIR ?
AH... OUI !
JE TE PRÉSENTE SHINGO NISHIMURA. JE COMPTE SUR TOI POUR LE FORMER.

ENCHANTÉ ! JE SUIS NISHIMURA.
OH !
更衣室
* VESTIAIRES
AH BON ? C'EST DRÔLE, TU HABITES TOUT PRÈS DE CHEZ MOI !
TU CONNAIS LA BOULANGERIE SUR L'AVENUE ? C'EST DÉLICIEUX LÀ-BAS !
OUI, OUI ! LEURS BRIOCHES À LA CRÈME SONT TROP BONNES.
TU ES DE QUEL LYCÉE ? IL DOIT ÊTRE PRÈS D'ICI ?
OUI. JE SUIS À KÔSEN. TU CONNAIS ?
MAIS OUI !
KÔSEN, VRAIMENT ? J'AI UN AMI LÀ-BAS !
SANS BLAGUE ? QUI ? SI ÇA SE TROUVE, JE LE CONNAIS !
EN FAIT, ON ÉTAIT ENSEMBLE AU COLLÈGE, JE NE SAIS PAS SI TU LE CONNAIS... C'EST MITSUKI FUJIKAWA, IL EST TRÈS FACILE À REPÉRER !

... MIT-SUKI...
... FUJI-KAWA ?
OU...
OUI ! TU LE CONNAIS ?
LE CONNAÎTRE ?
TU VEUX PARLER DE FUJIKAWA, LE DON JUAN ?
BEN... OUI, SI TU VEUX...
DIS-MOI TOUT SUR LUI !! SES POINTS FAIBLES, SES DÉFAUTS, S'IL A DES POILS BLANCS OÙ JE PENSE, TOUT !!
Lily's COFFEE
LILY'S
LILY'S
COFFEE
COFFEE
cafe
OPEN

SALUT !
TU AS FINI ?
MH...
IL ME TAQUI-NE...
... MAIS DE TEMPS À AUTRE...
ON Y VA !
TU SAIS QUOI ? J'AI RENCONTRÉ UNE DE TES CONNAISSANCES AU BOULOT.

IL M'A DIT QU'IL ÉTAIT AU MÊME COLLÈGE QUE TOI.
TU CONNAIS UN CERTAIN SHINGO NISHIMURA ?
AH BON ? IL M'A DIT QUE VOUS ÉTIEZ CAMARADES DE CLASSE, ET COMME IL EN SAVAIT LONG SUR TOI, J'AI PENSÉ...
PAS DU TOUT !
QU'EST-CE QUI T'A PRIS DE LUI POSER CES QUESTIONS STUPIDES ?
C'EST QUE...
ÇA M'INTÉRESSAIT DE SAVOIR COMMENT TU ÉTAIS AU COLLÈGE, ET COMME TU REFUSES DE M'EN PARLER...
C'EST VRAI ÇA, JE NE SAIS PRATIQUEMENT RIEN DE LUI...
SI TU VEUX SAVOIR QUELQUE CHOSE SUR MOI, TU N'AS QU'À ME LE DEMANDER.
TU NE VAS QUAND MÊME PAS GOBER TOUT CE QU'UN TYPE QUE TU VIENS À PEINE DE RENCONTRER TE RACONTE !

...
D'AC-CORD...
DIS-MOI TOUT !
ALORS J'AIMERAIS ALLER CHEZ TOI.
VIENS !
WUP !

...
J'AI PEUT-ÊTRE ÉTÉ UN PEU VITE ?
ZRF...
WUP !
TU PRENDS UN VERRE ?
A... ALORS ÇA... PAS UN GRAIN DE POUSSIÈ-RE... IL M'ÉNEEERVE !
N... NE TE FATIGUE PAS. JE N'AI PAS SOIF.
MAIS... POURQUOI JE ME SENS SI STRESSÉE, MOI ?

JE NE SUIS PAS VENUE JUSQU'ICI POUR COUCHER AVEC LUI...
JE VOULAIS JUSTE VOIR SA CHAMBRE ! PAS DE QUOI AVOIR PEUR !
NE TE LAISSE PAS TROUBLER PAR SA PRÉSENCE !
RHÔ...
FACILE À DIRE ! TU NE ME FACILITES PAS LES CHOSES, CRÉTIN !
TA CHEMISE EST GRANDE OUVERTE !
OH !
TU ME MONTRES TES ALBUMS DU COLLÈGE ?
JE VOUDRAIS VOIR À QUOI TU...
DWOSH !

... MH...
A..
ATTENDS !

HÉ !
TU SAIS CE QUE ÇA VEUT DIRE D'ENTRER DANS LA CHAMBRE D'UN GARÇON, NON ?
ET SI ÇA AVAIT ÉTÉ UN AUTRE, COMMENT TU AURAIS FAIT ?
SI TU N'ES PAS PRÊTE, NE VIENS PAS !

SI C'ÉTAIT POUR ME DIRE ÇA, TU N'AVAIS QU'À PAS ME LAISSER ENTRER, CRÉTIN !
OH, ÇA VA !!
JE SAIS BIEN QUE J'AI ÉTÉ NAÏVE...
FUJIKAWA A RAISON : C'EST MOI L'IDIOTE...

JE N'AI PAS FAIT ÇA POUR LE METTRE EN ROGNE...
... JE VOULAIS JUSTE ME RAPPROCHER UN PEU PLUS DE LUI...
QU'EST-CE QUE J'AURAIS DÛ FAIRE ?
QUE JE SUIS BÊTE...
... AUCUNE RAISON QU'IL ME SUIVE...

OUAH...
HARUNA EST EN TRAIN DE TRICOTER...
... ÇA... ÇA VA ?
TU DÉGAGES UNE DRÔLE D'AURA...
QUOIII ?!
C'EST TOI QUI M'AS CONSEILLÉ DE LUI FAIRE UN PULL, NON ?!
J'Y CROIS PAS.
TOI, FAIRE ÇA POUR LUI...
MOI NON PLUS, JE N'Y CROIS PAS...
OOH...
J'AI TRAVAILLÉ JUSQU'À POINT D'HEURE POUR LUI... JE ME DÉGOÛTE...
ET EN PLUS, JE ME SUIS DÉCOUVERT UN DON INATTENDU, QUELLE HORREUR !
WOW ! C'EST JOLIMENT FAIT...
AH OUI... TU POURRAIS LUI DONNER AUJOURD'HUI ?

OUI MAIS... JE VOUDRAIS QU'ON SE RÉCONCILIE...
SI ÇA SE TROUVE, QUELQUE PART EN MOI, J'ESPÈRE QUE ÇA LUI FERA PLAISIR...
AH, L'AMOUR...
NON VRAIMENT...
... JE VAIS DEVOIR METTRE LE TURBO...
MAIS NON, C'EST BON COMME ÇA !
cafe
OPEN
J'AI FINI À TEMPS ! ♡
MF MF
MMH... J'AURAIS PEUT-ÊTRE DÛ METTRE SES INITIALES... NON... C'EST FOURBE ET UN PEU LOURD...
JE DEVRAIS PEUT-ÊTRE LE LUI DONNER DIRECTEMENT APRÈS LE BOULOT ? OU PEUT-ÊTRE LUI ENVOYER UN MAIL AVANT...
TU AS FINI POUR AUJOURD'HUI, HARUNA ? TU AS UN MOMENT ?
OUAH !
OU... OUI, QUOI ?!

VALENTINE
2.14
UNE FÊTE POUR LA SAINT-VALENTIN ?
OUI.
J'AI EU UNE TONNE DE BILLETS PAR UN AMI. C'EST DANS UN CLUB PRÈS DE LA GARE.
ÇA DURERA TOUTE LA NUIT. AMÈNE TON COPAIN !
MON COPAIN...
EN CE MOMENT, C'EST UN PEU COMPLIQUÉ..
AH... AH BON ?
AH !
TU SAIS QUOI ? L'EX DE FUJIKAWA SERA LÀ !
SON... SON EX ?!
OUI... ET AUSSI NOS AMIS DU COLLÈGE...
L'EX DE FUJIKAWA...

COMMENT EST-ELLE ? JE VOUDRAIS TROP SAVOIR !
OUI, MAIS...
S'IL L'APPREND, IL VA SE BRAQUER...
NON, MERCI. C'EST GENTIL, MAIS AUCUNE CHANCE QU'IL VIENNE.
AH ? EN TOUT CAS, VOUS SEREZ LES BIENVENUS !
AH... NON, DÉSOLÉE !
PU LU LU LU
PU LU LU LU
PARDON, HEIN !
PU LU LU LU
PU LU LU LU
OUI. ALLÔ ?
AH...
HARUNA ?!
OUF ! ON A ENFIN RÉUSSI À T'AVOIR !
物理室*
YUMI ? QU'EST-CE QU'IL Y A ?
ON VIENT À PEINE DE L'APPRENDRE, C'EST HORRIBLE !
* LABO
FUJIKAWA A EU UN ACCIDENT DE MOTO !

FUJI-KAWA !
* HÔPITAL NISHIYAMA
QU'EST-CE QUE TU FAIS IC...
OH MERCI, MON DIEU ! TU N'AS RIEN...
QUAND J'AI APPRIS POUR TON ACCIDENT, J'AI PANIQUÉ !
UN ACCIDENT ?
QU'EST-CE QUE TU RACONTES ? JE N'AI JAMAIS EU D'ACCIDENT. C'EST CETTE IDIOTE QUI EST PARTIE AVEC MA MOTO ET QUI EST TOMBÉE AVEC.
QUOI ?
UNE... UNE FEMME ? COMMENT ÇA ?
TOI, VOLÉ PAR UNE FEMME ? ALORS LÀ, C'EST LA MEILLEURE !

?!
REGARDE ! JE SUIS DÉFIGURÉE ! TU COMPTES FAIRE QUOI POUR ÇA ?
C'EST DE TA FAUTE ! SI TU M'AVAIS PRÊTÉ TA MOTO SANS DISCUTER, ÇA NE SERAIT JAMAIS ARRIVÉ !
PFF ! TU N'AS EU QUE CE QUE TU MÉRITAIS !
NE ME PARLE PAS COMME ÇA ! QUI C'EST QUI S'EST OCCUPÉ DE TOI PENDANT TOUT CE TEMPS, HEIN ?!
OH, ÇA VA, HEIN !
MAIS...
QU'EST-CE QUE...
... ÇA VEUT DIRE ?
JE LE SAVAIS...
... LES RUMEURS ÉTAIENT VRAIES...

TU ME DIS DE NE PAS CROIRE CE QU'ON DIT SUR TOI, ET VOILÀ !!
VA TE FAIRE VOIR, SALE TYPE !
ESPÈCE DE SALE MENTEUR !

SBLASH !
HÉÉÉ !!

FUJI-KAWA N'EST QU'UN CRÉ-TIN !
JE NE VEUX PLUS JAMAIS LE REVOIR ! JE N'AURAIS JAMAIS DÛ LE CROIRE !
UN ACCIDENT DE MOTO ? MAIS OUI, TIENS ! JE NE RÉPONDRAI PLUS À SES APPELS, NI À SES MAILS...
IL N'EXISTE PLUS !
ZRAPOUM
ZRAPOUM
ZRAPOUM
着信*
From:和紀
* UN APPEL DE : KAZUKI

FRSH...
ZRAPOUM
BLIP !
ZRAPOUM
RHÔÔÔ !!
COMME SI C'ÉTAIT LE MOMENT !
ZRAPOUM
ZRAPOUM
OH, ET PUIS...
VALENTINE PARTY
2.14 Club

SI C'EST COMME ÇA, AUTANT ALLER M'AMUSER !
JE VAIS ME PLONGER DANS LA FÊTE ET OUBLIER FUJIKAWA !
LA VÉRITÉ, C'EST QUE JE VOUDRAIS VOIR SON EX...
!
!!

VALENTINE Coupling Party
C'EST ...
C'EST QUOI ÇA ?!
UNE...
UNE SOIRÉE SPÉCIALE RENCONTRES ?
C'EST... C'EST QUOI CETTE HISTOIRE ?!
ET SON EX ?! CE N'ÉTAIT PAS UNE SOIRÉE NORMALE ?
MAIS ALORS, J'AI L'AIR TOTALEMENT PITOYABLE ?!
ALORS ? TOI ET MOI, ÇA TE DIT DE REPRENDRE... ♡
... MH ? HARUNA ?

KA...
KAZUKI ?!
AH !
QU'EST-CE QUE TU...
NISHIMURA !!
DÉSOLÉ, HEIN, HARUNA !
JE NE PENSAIS PAS QUE TU VIEN-DRAIS.
SI TU ES LÀ UN JOUR DE SAINT-VALENTIN, ÇA VEUT DIRE QUE ÇA BAT DE L'AILE AVEC FUJIKAWA ?
PI...
PIÉGÉE !?!
... PFF... DÉSOLÉE DE MA BRUSQUERIE, MAIS TOI NON PLUS, TU N'AS PAS DE QUOI TE VAN-TER DE TE RETROUVER SEUL ICI !
ON EST DEUX À ÊTRE PITOYABLES...
OH, ÇA VA !!
ENFIN BREF ! JE NE VEUX PLUS QUE TU M'APPELLES !
タッ
DASH !

MINUTE !
TU FAIS COMME SI JE N'EXISTAIS PAS.
L... LÂCHE-MOI !!
COMMENT OSES-TU DIRE ÇA, APRÈS M'AVOIR TROMPÉE AVEC LE MONDE ENTIER ?
ÇA NE VA PAS LA TÊTE ? LÂCHE-MOI !
TOI, SORTIR AVEC FUJIKAWA ? J'Y CROIS PAS !
JE NE ME FERAIS PAS SI FACILEMENT PIQUER MA COPINE PAR CE TYPE !

DWCK ...
LÂCHE-M...
DWOSH !
OUAH ...
WUIZ !!
HARUNA...

DWACK !
?!

FUJIKA-
WA !

ÇA VA, KAZUKI ?!
AÏEUH ! ÇA VA PAS LA TÊTE ?!
GRR...
AH...
JE SUIS SÛR QUE TU L'AS FAIT EXPRÈS !
JE VAIS T'APPRENDRE À ME PIQUER MON EX ET HARUNA !
C'EST VRAI, JE T'AI PIÉTINÉ EXPRÈS....
... MAIS T'ES QUI AU FAIT ?!

COMMENT ÇA ? ON ÉTAIT AU COLLÈGE ENSEMBLE !
JE ME SUIS FAIT LARGUER UNE FOIS À CAUSE DE TOI !
MOI AUSSI !
TU PEUX TE LEVER ?
QU'EST-CE QUE TU FAIS ICI, FUJIKAWA ?
C'EST UNE DE TES AMIES QUI M'A PRÉVENU. ELLE ÉTAIT INQUIÈTE POUR TOI.
QUOI ? YUMI, TU VEUX DIRE ?
HÉ ! JE PARLE, LÀ !!
TU VIENS DE TE FAIRE JETER, JE TE SIGNALE !
ALORS ARRÊTE DE NOUS CASSER LES OREILLES !
... OUH...
GLOP
HARUNA...
TRÈS BIEN, PUISQUE C'EST ÇA, JE VAIS TE DIRE POURQUOI JE T'AI LARGUÉE.

SBLOF !
PARCE QUE TU ES SUPER NAZE AU LIT !!
...
BLUSH !
DE...
DE QUOIII ?!
QU'EST-CE QUE TU RAC...
CLUTCH !

INTÉRES-SANT !
TU VAUX LA PEINE QUE JE M'AC-CROCHE !

FUJIKAWA...
... COMMENT ...
... PEUX-TU DIRE ÇA ?
TU AS QUELQU'UN D'AUTRE ! ARRÊTE DE ME DONNER DE FAUX ESPOIRS !
...
IL EST SI ÉGOÏSTE...
... JE ME DÉGOÛTE DE NE PAS ARRIVER À LE DÉTESTER !
BON...
AH NON ! PAS DE FAUSSES EXCUSES !!

BOM !
L'ÉCHARPE...
... QUE J'AI TRI-COTÉE ?

POU...
POURQUOI ?!
ON DIRAIT...
... QUE TU T'ES FAIT DES IDÉES POUR LA FILLE DE TOUT À L'HEURE...
C'EST MA GRANDE SŒUR !
TA...
...
TA GRAN-DE...
... SŒUR ?
TU AVAIS UNE SŒUR ?

C'EST...
C'EST VRAI CE MENSONGE ?
ÇA SONNE COMPLÈTEMENT FAUX. UNE GRANDE SŒUR ? DANS QUEL SENS ?
CROIS-LE OU PAS, À TA GUISE ! TU PEUX ENQUÊTER COMME TU VEUX.
MOI, ÇA M'EST ÉGAL.
...
ET FLÛTE...
DÉCIDÉMENT...
CLUTCH !
... JE L'AIME, CE CRÉTIN !

IL M'ÉNERVE, MAIS JE L'AIME !
ALORS...
C'EST VRAI QUE TU ES UN MAUVAIS COUP ?

QU...
QU'EST-CE QUE J'EN SAIS ?!
SALE RUSTRE !
...
RHÔÔ ...
TU...
TU VEUX ES-SAYER ?
J'Y SUIS PITOYABLEMENT ET IRRÉMÉDIABLEMENT JUSQU'AU COU !

JE VEUX TE LAISSER UN SOUVENIR ENCORE PLUS IMPÉRISSABLE !
JE N'Y PEUX RIEN... QUOI QUE JE FASSE, QUE JE SOUHAITE, JE SUIS ATTEINTE SANS RETOUR...

Real Kiss
~heavenly eyes~

MÊME TOUT LÀ-HAUT DANS LE CIEL, À 10 KM DU SOL...
... JE NE PARVIENS PAS À LE LÂCHER DU REGARD UNE SEULE SECONDE, QUELLE HONTE, JE SUIS PITOYABLE...
ET LUI, IL DORT !

BLEUH LEUH LEUH !!
...
GAMINE, VA...
MOUF ...
DIS, HARU-NAAA...
TANT QU'À ALLER À OKINAWA, AUTANT FAIRE LES MAGA-SINS !!
HÉ...
HÉ, TU M'ÉCOUTES OU QUOI ?
HEEEIN ?!

QU... QUOI ?
JE DISAIS JUSTE QUE JE VOU-LAIS FAIRE LES MAGA-SINS...
SUPER IDÉE ! JE VEUX ABSOLUMENT ACHETER UN STRAP SPÉCIAL OKINAWA ! ♡
MOI AUSSI.
C'EST BIEN BEAU, LES ACHATS, MAIS JE TIENS AUSSI À FAIRE UN PLONGEON DANS LA MER !
OH OUI !
EN PLUS, LA SAISON DES BAIGNADES A COMMENCÉ.
OUI, MAIS ON NE PEUT PAS PENDANT LE VOYAGE DE FIN D'ANNÉE, C'EST INTERDIT...
TROP NUUUL !
ET OUI, C'EST LE VOYAGE DE FIN D'AN-NÉE...
ET QUI DIT VOYA-GE...

KYAAAAH ! Ô, MON DIEU, MON DIEEEEU !!
BREF...
...
ON N'A PAS L'HABITUDE DE SE PAPOUILLER. C'EST UNE OCCASION INESPÉRÉE, QUELLE PRES-SION...
... JE M'ATTENDS UN PEU À CE QU'IL SE PASSE QUELQUE CHOSE...

OUAAAH ! ON ÉTOUFFE !
C'EST DINGUE, ON NE CROIRAIT PAS QU'ON EST EN MAI, MAIS EN ÉTÉ !!
ALLEZ ! TOUS EN RANG !
OUAH ! ♡
LE CIEL EST MAGNIFIQUE ! ♡ C'EST POURTANT LE MÊME QUE CELUI DE TOKYO. POURQUOI EST-IL SI DIFFÉRENT ?
MINCE, ON VA GRILLER, C'EST SÛR !
DIRE QUE CETTE ANNÉE, J'AI DÉCIDÉ DE RESTER BLANCHE...
J'AI DE LA CRÈME SI TU VEUX !
FUJIKAWA, JE PEUX TE PHOTOGRAPHIER ?
DONNE !
DWISH... DWISH...

MOI AUSSI !
HÉÉÉ !
BONNE IDÉE ! MOI AUSSI !
PARDON, HEIN, FUJI-KAWA. DIS-LE SI ÇA TE GÊNE !
HÉ, MONSIEUR LE DON JUAN ...
MAIS NON...
TU POURRAIS PROTESTER UN PEU AU MOINS !!
PAS FACILE D'AVOIR UN ADONIS COMME COPAIN...

TU PARLES...
ぷーっ
POUH...
LUI, PLAIRE AUX FILLES ? N'IMPORTE QUOI !!
QUAND ON SORT AVEC LUI, C'EST UN AUTRE SON DE CLOCHE. LES APPARENCES SONT TROMPEUSES !
EN PLUS, IL EMBRASSE PAS SI BIEN...
BON, BEN J'Y VAIS MOI !
QUOI ?
HUM... QUI C'EST QUI N'ARRIVE PAS À DÉTACHER SES YEUX DE CE GARÇON SI ORDINAIRE ?
QUOI ?!

FUJI-KAWA !!
TU NE M'AS PAS LÂCHÉ DU REGARD PENDANT TOUT LE VOL !
P...
PAS DU TOUT !
JE TROUVAIS TA TÊTE AMUSANTE QUAND TU DORMAIS, C'EST TOUT !
JE VOULAIS TE PRENDRE EN PHOTO ET J'ATTENDAIS JUSTE LE MOMENT IDÉAL...
GWIP !

QUOIIII ?!
WLIP
UN BAISER ?!
ゴク
GLP...

TU T'ATTENDAIS À UN BAISER ?
MAIS BON, LES MIENS N'ONT RIEN D'INOUBLIABLE, HEIN ?
...
DE QUOI ?!

ÇA NE T'EMPÊCHAIT PAS DE LE FAIRE, CRÉÉÉTIN !!
ALORS, PAR OÙ ON COMMENCE, DEMAIN ?
ON VA SE DÉPLACER PAR PETITS GROUPES EN TAXI... ON VA DEVOIR RÉFLÉCHIR À NOTRE TIMING...
EN TOUT CAS, PAS QUESTION DE MANQUER L'AQUARIUM, HEIN ?
À PARTIR DE L'HÔTEL, ÇA PREND 2 HEURES.
DITES, VOUS SAVEZ CE QUE FONT LES GARÇONS DU GROUPE 3 DEMAIN ?
AH MAIS OUI ! TU AVAIS LE BÉGUIN POUR L'UN D'EUX, HM ?
MAIS AU FAIT, FUJIKAWA FAIT PARTIE DE CE GROUPE, AUSSI !
HEIN, HARUNA ?

TU AS L'AIR AU SIXIÈME SOUS-SOL ! TU T'ES DISPUTÉE AVEC LUI OU QUOI ?
C'EST DE L'ALGUE QUE TU MANGES, LÀ ?
OUH OUH OUH...
UNE DISPUTE ? SI SEULEMENT...
AAAAH ? AH BOOOON ?
LUGUBRE !!
MOI QUI M'ATTENDAIS À UN VOYAGE ROMANTIQUE À SOUHAIT...
ET BEN PAS LE MOINS DU MONDE... APPAREMMENT ÇA SERA COMME ÇA JUSQU'AU TOUT DERNIER JOUR...
POURQUOI TU ES SI DÉPRIMÉE ? JE NE SAIS PAS CE QUI SE PASSE, MAIS COMME DEMAIN C'EST QUARTIER LIBRE, TU AS BIEN PRÉVU DE RETROUVER FUJIKAWA, NON ?
AH ...
SI CE N'EST PAS LE CAS, ON N'AURA QU'À INVITER LES GARÇONS DU GROUPE 3 À NOUS ACCOMPAGNER !
QUOIIII ?! MAIS NON, C'EST PAS LA PEINE ...
OH, ALLEZ ! ON LE FAIT !

EN PLUS, MAKI A DES VUES SUR YAMA-MOTO QUI EST AVEC EUX !
OH NON ! TU SAVAIS QUI IL ÉTAIT ?
EN FAIT, J'AI MOI AUSSI DES VUES SUR MORIKAWA...
QUOIIIII ? TU EN PINCES POUR MORIKAWA, YUMI ?!
MAIS TU AS DÉJÀ UN COPAIN !
EH NON... ON A ROMPU ....
...
AH... MAIS OUI ! MORIKAWA EST BIEN PLUS COOL...
HUM... ET POUR FUJIKA-WA...
BON, C'EST VRAI QU'IL N'EST PAS VRAIMENT REMAR-QUABLE, MAIS...
OUI, OUI !
MAIS YAMAMOTO N'EST PAS MAL NON PLUS ! IL A UN CÔTÉ SOMBRE SI SEXY... ♡
AH OUI ! JE VOIS CE QUE TU VEUX DIRE !
ALORS ? ON LES INVITE ?!
OUAIS... MAIS ON VOIT TOUT DE SUITE À QUOI VOUS VOULEZ ARRIVER...
OH, ALLEZ ! C'EST NOTRE VOYAGE DE FIN D'ANNÉE !
FUJI-KAWA VA ADO-RER, C'EST SÛR !
MMMH...
C'EST UNE OCCASION DE VOUS RETROU-VER SEULS TOUS LES DEUX !
BON...
D'ACCORD... VOUS INSISTEZ TELLEMENT, JE VAIS Y RÉFLÉ-CHIR...
OUH... HOU... HOU...
PFF... CE QUE TU PEUX ÊTRE COMPLI-QUÉE !

COMPLI-QUÉE...
JE LE SAIS...
JE LE SAIS BIEN...
... MAIS DÈS QU'IL S'AGIT DE FUJIKAWA, JE ME BRAQUE !
J'AIMERAIS POURTANT FAIRE TANT DE CHOSES AVEC LUI ET QU'IL ME CÂLINE, MAIS JE N'ARRIVE PAS DU TOUT À L'EXPRI-MER...
DEPUIS QU'ON SORT ENSEMBLE, ON N'A PAS PRO-GRESSÉ EN DEHORS DE NOS BAISERS...
BON...
... JE DOIS DIRE QUE DÈS QU'IL ESSAIE D'ALLER PLUS LOIN, JE FLIPPE, MAIS...
MH ?
ET SI JE FAISAIS COMME SI ON N'ÉTAIT PAS ENSEMBLE, MÊME SI C'EST LE CAS ?
EN PLUS... LUI AUSSI, JE ME DEMANDE S'IL PENSE VRAIMENT QUE JE SUIS SA COPINE ?
MYSTÈRE !

...
OH LÀ LÀ.. LE GROUPE 3 FAIT EXPLOSER LE TAUX DE TESTOSTÉRONE, LÀ..
IMPOSSIBLE DE LES LOUPER !
ÇA CHANGE...

HÉ !
TU PEUX ALLER DEMANDER À FUJIKAWA S'IL VEUT BIEN QU'ON LES ACCOMPAGNE ?
C'EST TON COPAIN, APRÈS TOUT !
QUOI ? MOI ?!
HMMMM...
SUGGESTION
L'AMOUR, L'AMOUR, L'AMOUR, L'AMOUR, L'AMOUR, L'AMOUR, POUR L'AMOUR... ♡
RHÔ, JE N'AI PAS LE CHOIX, C'EST TELLEMENT EMBARRASSANT DE LUI DEMANDER ÇA...
FUJIKAWAAAAA ! ♡

EST-CE QUE NOTRE GROUPE PEUT VOUS ACCOMPAGNER ?
DEMANDE AUX AUTRES D'ABORD !
AAAH ?
D'ACCORD ! J'Y VAIS !

OUAH...
MAIS C'EST QUI CETTE FILLE ?
JE LA CONNAIS. C'EST SHIKAUCHI DE LA G.
AH MAIS OUI, ELLE ÉTAIT AU MÊME COLLÈGE QUE FUJIKAWA...
APPAREM-MENT, ELLE VIENT DE ROMPRE AVEC SON COPAIN.
ELLE EST FRANCHE-MENT PAS FAROUCHE AVEC LES GARÇONS.
À METTRE SES PATTES PARTOUT...
EN PLUS, ELLE EST TRÈS SELECT...
SI ÇA SE TROUVE, ELLE EN A APRÈS FUJIKAWA !
... CETTE FILLE...
... QUI C'EST ?!

HA.. HARUNA ? QU'EST-CE QU'ON FAIT ? ON LES SUIT ?
OU... ON LAISSE TOMBER ?
ON LES SUIT !
TAXI ! SUIVEZ CE GROUPE !
LES DEUX TAXIS DEVANT !

SALE TYPE...
ET IL LUI PERMET DE LUI TENIR LE BRAS SANS PROTESTER ?
« DEMANDE D'ABORD AUX AUTRES ! » ÇA VEUT DIRE QU'IL EST D'ACCORD !!
ET ELLE, ALORS ? J'Y CROIS PAS !
C'EST MOI TA COPINE ! ALORS NE LA REGARDE PAS ! ÉLOIGNE-TOI !!
パイナップル
ANANAS À VOLONTÉ

OH NON ...
... NE ME DITES PAS QUE SON EX DU COLLÈ-GE...
...
ET FLÛÛÛ-TE...
T'ENTION, IL REGARDE PAR LÀ !!

...
NF...
UFF...
TOUT ÇA, ÇA NE SERT QU'À M'ÉNERVER ENCORE PLUS...
...
PFFFF... J'AI L'AIR DE QUOI, MOI...
OOOUF... C'ÉTAIT MOINS UNE, IL A FAILLI ME REPÉRER !!
IL SAIT QUE TU ES LÀ, IDIOTE !

*ゴーヤーちゃん
JE FERAIS MIEUX DE LE LÂCHER ET DE PRENDRE DU BON TEMPS AVEC LES FILLES, COMME SI DE RIEN N'ÉTAIT !
HÉÉÉ ! JE VEUX UNE PHOTO DE ÇA ! ♡
VOUS VENEZ AVEC MOI ?!
QUOI ?! DANS CE TRUC ?
* GOYAVE !!
AH NON ALORS...
YEAAAAAH !
HARUNA ! C'EST LA HONTE !
KYAH AH HA !
FLASH !!
*ゴー
HÉ ! QUI T'A PERMIS !!
ARRÊTE !
EFFACE-MOI ÇA TOUT DE SUITE !

FUJI ...!!
AH ?
MAIS AU FAIT... ET CETTE FILLE ?
!
JE RÊVE ! ELLE EST DÉJÀ AVEC UN AUTRE ?!
ET FUJIKA-WA DANS TOUT ÇA ?
...
HÉÉ...

TRAQUEUSE !
MOUF...
OH ! C'EST MIGNON, NON ?
J'EN VOUDRAIS BIEN UN...
LAISSE. J'AI VU UNE AUTRE FILLE DE LA CLAS-SE QUI EN AVAIT UN.
... J'AI VU DES ACCESSOIRES AVEC DES NOMS, TOUT À L'HEU-RE...
MF...
QUOI : "MF" ?
...
QUOI ? PAS LA MOINDRE RÉACTION ?
MÊME PAS UN : « SI ON EN PRENAIT UN CHACUN ? ».
MOI QUI VOUDRAIS QU'ON PARTA-GE LE MÊME ACCESSOIRE, COMME DE VRAIS PETITS AMIS !

TIENS …
C'EST TOI TOUT CRACHÉ.
QUAND TU ES EN ROGNE…
STRAP SERPENT
POUH ! ♡
C'EST BIEN VRAI, ÇA !
BRRRR !!
ELLE M'A FUSILLÉE DU REGARD !
SHIKAUCHI…

HEIN ? OÙ TU VAS, HARUNA ?!
JE VAIS T'AP-PRENDRE À RICANER, MOI !!
TU VAS VOIR ! JE VAIS FAIRE DE TOI DE LA PÂTÉE POUR LES DAIMS DE NARA !!
C'EST VRAI QUE ÇA ME RES-SEMBLE, ET ALORS ?
FACE DE MONSTRE !!
JE SUIS SUPEEEEER EN ROGNE, LÀ !!
ON MANGE UN MOR-CEAU ?
DITES ! IL PARAÎT QU'ON PEUT MONTER UNE AU-TRUCHE !
NON ! SANS BLAGUE ?
ET FUJIKAWA ALORS ? QU'EST-CE QUI LUI PREND ?
QUOI ? MONTER CES TRUCS ? VOUS N'AVEZ PAS PEUR ?
ELLES SONT ÉNOOOOR-MES !
IL ME SNOBE ET IL S'OCCUPE EXCLUSIVE-MENT DE SHI-KAUCHI ?
SANS MOI !
ALLEZ ! QUEL-QU'UN SE DÉVOUE ?
D'AC-CORD ! JE M'Y COLLE !

BAM !
TU VAS ME REGARDER, C'EST MOI QUI TE LE DIS !!
BLOFF !

...
DÉRAPAGE ET CHUTE DE L'AUTRE CÔTÉ DE L'AU-TRUCHE...
OUAAAH !
HARUNA ! ÇA VA ?!

HARUNA. ÇA VA, TA JAMBE ?
ÇA A L'AIR DOULOUREUX...
NON, NON, ÇA VA... BIEN...
POUR DEMAIN, ON CHANGE LES PLANS, ON VA DANS UN ENDROIT TRANQUILLE !
OH, MAIS NON ! NE VOUS FATIGUEZ PAS POUR MOI !
JE NE POURRAI PAS MARCHER UNE JOURNÉE ENTIÈRE DANS CET ÉTAT. JE VAIS ÊTRE RAISONNABLE ET RESTER À L'HÔTEL.
QUOIIII
ÇA NE SERA PAS MARRANT SANS TOI, HARUNA !
LA VIANDE EST CUITE !
HÉ ! PRENEZ AUSSI DES LÉGUMES !
QU'EST-CE QUE TU VEUX MANGER, HARUNA ? JE TE L'APPORTE.
DE LA VIANDE !
GTACK !
EH BEN ! DU TAC AU TAC ! AH HA HA !
OUAAH ! IL FAIT BON...
GYAH HA HA HA
HEB ! DANS L'EAU...

QUOI ? C'EST QUOI TOUT CE BRUIT ?
REGARDE-LES !
CES CRÉTINS SE BAIGNENT TOUT HABILLÉS !!

WUP !

クス HI HI
AH, LES GARÇONS...
クス HI HI
クス HI HI !
HI HI ! クス
ILS CHAHUTENT COMME DES GAMINS !
IL M'A REGARDÉE ?
QUOIII ? MAIS C'ÉTAIT BIEN FUJIKAWA, HEIN ?
QU'EST-CE QUE ÇA SIGNIFIE ?
QU'EST-CE QU'IL FAIT À FOLATRER DANS L'EAU ?
JE NE L'AI JAMAIS VU COMME ÇA !
J'Y CROIS PAS ! IL N'A PAS LE DROIT DE ME FAIRE ÇA !!
MUR MUR
ALORS ? TU NOUS REJOINS OU PAS ?
GYAAAAAAH !!
QU...?!
A... AÏEUH !!
OUH, OUH ...
IL SAVAIT PERTINEMMENT POUR MON PIED, ET ÇA NE L'A PAS EMPÊCHÉ !
SALETÉ !!

ALORS ÇA ! MOI QUI CROYAIS QUE VOUS AVIEZ DES SOUCIS... FINALEMENT, TOUT VA BIEN ENTRE VOUS !
QUOI ?! DE QUOI TU PARLES ?
C'EST FRANCHEMENT PAS L'AMOUR FOU !
AH ? IL Y A UNE CERTAINE COMPLICITÉ, POURTANT...
OUI. IL TE TAQUINE, IL A L'AIR DE S'AMUSER COMME UN PETIT FOU.
MAIS OUI ! TU ES BEAUCOUP TROP TENDUE EN SA PRÉSENCE. SI TU LE LAISSAIS TE CHOUCHOUTER UN PEU ?
HEIN ?
ME LAISSER FAIRE... MAIS SI JE CÈDE... IL VA SÛREMENT SE MOQUER DE MOI !
LE PROF EST PARTI ?
OUI, LA VOIE EST LIBRE !

BIEN...
ALLONS RENDRE UNE VISITE AUX GARÇONS ! ♡
DOUCE-MENT !
HARUNA ! ÇA VA ?
OUI.
ÇA VA...
HARU-NA ?
DÉSOLÉE ! PRENEZ LES DE-VANTS !
ENCORE EN TRAIN DE DOR-MIR...
POUR UN LYCÉEN AVEC TANT DE BAGOUT...

TU VAS VOIR !!
JE VAIS TE...
GLILING !
STRAP SERPENT SEXY
POUH...
ÇA... ÇA NE LUI VA PAS DU TOUT ! C'EST PAS DU TOUT SON GENRE !
ÇA VA ÊTRE TROP DRÔLE DE LE RÉVEILLER !
...
OUPS...

IL NE DOIT PAS...
CLICK
カチ
... AVOIR ÉCHANGÉ DE MAILS AVEC SHIKAUCHI...
POUAAAARF !!
...
CLAP !
QU... C'ÉTAIT QUOI, ÇA ?!
QUOI ? MAIS POURQUOI IL EN A FAIT SON FOND D'ÉCRAN ?!
EST-CE QUE ÇA DEVRAIT ME FAIRE PLAISIR ? JE SUIS EN GOYAVE ! MAIS NON...
HEEEIN ?

... DIS...
TU VAS RESTER AVEC SHI-KAUCHI, DEMAIN ?
MOI QUI PENSAIS QU'À OKINAWA, NOUS REGARDE-RIONS ENSEMBLE LES ÉTOILES ET QUE NOUS PAS-SERIONS DES JOURNÉES ROMANTIQUES SUR LA PLAGE...
TU NE TE PLAIS PAS AVEC MOI ?
POURQUOI TU REFUSES DE PASSER DU TEMPS AVEC MOI ? TU POURRAIS M'INVITER DE TEMPS EN TEMPS...
ME REGARDER UN PEU PLUS, MOI ET MOI SEULEMENT...

TU ES TROP BÊTE, FUJIKAWA...
HEIN ?
HARUNA ?!

NON ! SANS BLAGUE !!
C'EST BIEN TOI, HARUNA ?
TU ES EN VOYAGE DE FIN D'ANNÉE, TOI AUSSI ?
!!
* PARALYSIE
KA... KAZUKI ?!
VOYAGE DE FIN D'ANNÉE, BEAUTÉ ! ♪
WOOOOW !!
QU... QU'EST-CE QUE TU FAIS ICI ?!
J'Y CROIS PAS ! QUEL HASARD ! NOS DEUX ÉCOLES RÉSIDENT DANS LE MÊME HÔTEL !
UN VOYAGE... ♡
OKINAWA... ♡
UN EX ET UNE EX... ♡
LE MÊME HÔTEL ... ♡
SI C'EST PAS ÇA, LE DESTIN ! ♡ MH ?!
OUAAAH...
ÇA SENT LA RÉCONCILIATION ! ♡

IL EST ENCORE PIRE QU'AVANT !
NOUS RÉCONCILIER ? JAMAIS ! JAMAIS ! JAMAIS !!
MAIS QU'EST-CE QUE JE FABRIQUE AVEC UNE TELLE LIMACE ? QU'EST-CE QUI CLOCHE CHEZ MOI ?
KAZUKI !!
HEIN ?
CLAC !
AÏE...
DASH
ÇA VA PAS LA TÊTE ?
HARUNA ?
ATTENDS !!
MAIS ATTENDS !!

VLAM !
L'HORREUR !!
SBAM SBAM
OUAH !
CE VOYAGE DE FIN D'ANNÉE EST UN CAUCHE-MAR TOTAL !!
OH NON...
IL M'A SUIVIE ?
TOUT SE PASSE DE TRAVERS !!
GTCHACK
GTCHACK

OH NON !
J'AI PEUR !
...
TU ES LÀ, JE LE SAIS !
CETTE VOIX...
FUJI-KAWA !

QU... QU'EST-CE QUE TU ME VEUX ?
HM ? OUH, HOU, HOU...
GYAH !
MAIS QU'EST-CE QUE JE RACONTE, MOI ?
IL ME SEMBLE QUE C'EST TOI QUI AS BESOIN DE MOI !
QUOI ?
BOF ...
SI TU NE VEUX PAS...
OUAAAH !
NON ! NE PARS PAS !
BAF !
かあっ
LUUUH...
AH...
QU'EST-CE QUI ME PREND DE LE RETENIR ?

CLUTCH !!

TU VOULAIS VOIR LES ÉTOILES AVEC MOI, NON ...
AH...
M...
MAIS QU'EST-CE QUI TE PREND ?
HEEEEEEIN ?!
IL...
IL M'ÉCOUTAIT ?!!

* SUR LA DÉFENSIVE
OOOOH !
C'EST MAGNIFIQUE ! TELLEMENT BEAU !! ♡
JE N'AI JAMAIS VU ÇA !
WLIP
BON, C'EST BEAU, CERTES, MAIS CE N'EST PAS LE SUJET…
OUAAAH …
…
WLIP
WLIP
GLP
?!
OUAAAAH !
構
…
WLIP
GLP
TOUT À L'HEURE, QUAND JE PENSAIS À VOIX HAUTE…
… NE ME DITES PAS QU'IL A TOUT ENTENDU ?
PEUT-ÊTRE JUSTE UN PETIT PEU ?
HEIN ?
MAIS DIS QUELQUE CHOSE, TOI !
TU EN VEUX ?
C'EST QUOI ?
DE…
SINCE 1919
A&W
ROOT BEER
DE LA BIÈRE ?!
TU… TU ES FOU !!
NE TE FORCE PAS, SURTOUT !
MF…

D...
D'ACCORD !
GLOUP !
OH ET PUIS TANT PIS !
SANS L'AIDE DE L'ALCOOL, JE N'ARRIVERAI SANS DOUTE PAS À ÊTRE EN CONFIANCE...
MAIS POURQUOI DÈS QUE JE ME RETROUVE EN SA COMPAGNIE, JE N'ARRIVE PLUS À M'EXPRIMER ?
POUAAH...
...
BOUARF !
HÉ, TU ME COLLES !!
JE CROIS BIEN QUE JE SUIS POMPETTE ! ♡
OUH HOU !
ÇA CRAINT...
POL...
HUM... C'EST UNE BIÈRE SANS ALCOOL, TU SAIS ?
QUOI ?
AH BON ?
AH, MAIS C'EST VRAI !
JE ME SUIS FAIT PIÉGER !!
GRÔÔÔ !!

...
J'EN AI ASSEZ...
... IL EST TROP SOURNOIS !

QUE VOULEZ-VOUS QUE JE LUI RÉPON-DE...
... QUAND IL ME SOURIT COMME ÇA ?
SBLOF...

TU VEUX COUCHER AVEC MOI ?
RHÔÔ ?
D'OÙ ÇA SORT, CETTE HISTOIRE ?
BON, ALORS QU'EST-CE QUI SE PASSE ? QU'EST-CE QUI TE PREND SOUDAIN ?
C'EST TOI QUI M'AS LAISSÉE SUR LA TOUCHE ET AS PASSÉ TOUTE TA JOURNÉE AVEC CETTE SHIKAUCHI !
C'EST JUSTE UNE AMIE !
OUI... OUI, PEUT-ÊTRE, MAIS MOI, JE VOULAIS QU'ON PROFITE DE CE SÉJOUR POUR FAIRE PLEIN DE CHOSES EN COUPLE ! PLEIN DE CHOSES !
ESSAIE DE COMPRENDRE !
TU NE ME L'AS JAMAIS DIT, SI ?
ÇA VA ! DÈS QUE JE TE DIS CE QUE JE PENSE, ÇA FINIT TOUJOURS PAR CE TYPE DE COMMENTAIRES RÂLEURS !
TU VOULAIS REGARDER LES ÉTOILES DANS UNE AMBIANCE ROMANTIQUE, NON ?
TU NE M'AS JAMAIS DIT CE QUE TU VOULAIS FAIRE, JE ME TROMPE ?
COMMENT VEUX-TU QUE JE COMPRENNE SANS ÇA ?
OUH ...

BON...
ALORS SI JE COMPRENDS BIEN, TU FERAS TOUT CE QUE JE VEUX ?
JE...
JE SAIS BIEN, MAIS ...
COMMENT OSES-TU, MONSIEUR LE MUET !!
À VOIR...
MAIS SACHE QUE CONTRAIREMENT AUX AUTRES FILLES, JE NE ME LASSERAI JAMAIS DE TOI...

...
C'EST UN COMPLIMENT ?
PFF... JE SUIS SI GOURDE ?
OU ENCORE TOTALEMENT TÊTE EN L'AIR ?
JE NE SAIS PAS S'IL LE FAIT EXPRÈS, EN TOUT CAS, JE N'Y COMPRENDS RIEN DU TOUT...
C'EST BIEN LUI, ÇA ! IL S'AMUSE DE MA RÉACTION APRÈS M'AVOIR PROVOQUÉE...
... EST-CE QU'IL FAIT ATTENTION À NE PAS M'APPROCHER TROP RAPIDEMENT PARCE QU'IL SAIT QUE J'AI PEUR ?
... MAIS...
ぎゅう
GWIP !

EMBRASSE-MOI !
... QUAND IL ME REGARDE COMME ÇA, TOUT M'EST ÉGAL...

ÇA ME DÉFRISE...

ÇA ME DÉFRISE TOTALEMENT...
MAIS...
... MAIS...
...
... ÇA NE ME SUFFIT PAS...
ENCORE !

ALLEZ ! METS LE HOLÀ !
EUH...
C'EST-À-DIRE ?
OUI, MAIS...

... JE L'AIME, QU'EST-CE QUE J'Y PEUX ?
AH ÇA ! VOUS REN-TREZ BIEN TARD !
OÙ ÉTIEZ-VOUS PAS-SÉS ?
...

Real Kiss
VU PAR
FUJIKAWA

C'EST LE VOYAGE DE FIN D'ANNÉE DE NOTRE DEUXIÈME ANNÉE DE LYCÉE.
JAL
OKINAWA À LA FIN DU PRINTEMPS ET AU TOUT DÉBUT DE L'ÉTÉ...
... LE SOIR DU DEUXIÈME JOUR.

TU ES VRAIMENT TROP RETORS !
VOILÀ...

C'EST CE QU'ELLE DIT...
← ELLE
TU NE TE SENS PLUS PARCE QUE TU AS DU SUCCÈS, ET MALGRÉ TOUT, TU ACCEPTES LA COMPAGNIE DE N'IMPORTE QUI !
JE N'ARRIVE PAS À CROIRE QUE TU PASSES TON TEMPS AVEC UNE AUTRE FILLE, ALORS QUE JE SUIS LÀ ! C'EST NOTRE VOYAGE DE FIN D'ANNÉE !!
JE TE FERAIS REMARQUER QUE C'EST UNE AMIE.
BOF, À QUOI BON ?
DE TOUTE MANIÈRE, ELLE EST EN ROGNE !
JE N'Y COMPRENDS RIEN...
PEUT-ÊTRE, MAIS JE VEUX QU'ON SOIT UN PEU PLUS UN VRAI COUPLE !
EMBRASSE-MOI !
SI C'EST CE QU'EL-LE VEUT...
... AUTANT LE LUI ACCORDER.

ÇA NE ME SUFFIT PAS !
ENCORE !
ELLE ME DONNE DES ORDRES...
...

... MAIS TOUT DE SUITE APRÈS ...
JE...
JE NE T'AI PAS DEMANDÉ D'Y ALLER AUSSI FORT !!
JE SUIS SÛRE QUE TU PENSES QUE TU PEUX ME MENER PAR LE BOUT DU NEZ RIEN QU'EN M'EMBRASSANT !
... C'EST CE QU'ELLE PENSE...
ET ELLE A RAISON !!
... ENFIN... À MOI-TIÉ !

...
CETTE FILLE...
JE NE ME LASSERAI JAMAIS...
FLASH !!
... DE LA REGARDER !
REGARDE-MOI !!
PLUS JE LA LAISSE LIVRÉE À ELLE-MÊME...
... PLUS ELLE MET DE MOYENS EN ACTION POUR ATTIRER MON ATTENTION.
...
VRAIMENT...
... JE NE M'EN LASSE PAS !
À TERRE...

FUJIKAWA... Y A DES FILLES D'UNE AUTRE CLASSE QUI VEULENT PRENDRE DES PHOTOS AVEC TOI. TU VEUX BIEN ?
PAS DE PROBLÈME...
C'EST DINGUE ! COMBIEN ÇA FAIT ? DEPUIS LE DÉBUT DE CE VOYAGE, ON TE DEMANDE DES TONNES DE PHOTOS !!
VEINARD ! TU AS TROP DE SUCCÈS !
TU ES SÛR QUE T'AS RAISON D'ACCEPTER ? ET TA COPINE ?
BOF...
GNIIIIIH ! POURQUOI TU TE LAISSES PHOTOGRAPHIER AVEC TOUTES CES FILLES ? ALORS QUE TU N'EN AS PAS PRIS UNE SEULE AVEC MOI ?!
MF...
AH, MAIS OUI. IL NE SORTAIT PAS AVEC HARUNA ?
AH ! ELLE EST MARRANTE !
ELLE EST SIMPLE, C'EST FACILE DE LUI PARLER.
OUAIP ! ELLE EST CHOUETTE !

EN PLUS, ELLE EST PLUTÔT MIGNONNE ET ELLE PLAÎT BEAUCOUP DANS LA CLASSE.
...
OUI, OUI ! ELLE EST POPULAIRE.
AH !
FUJIKAWA ? OÙ TU VAS ?
DANS LE HALL.
CLIP !

MF...
HARUNA ? QU'EST-CE QUE TU AS ?
DÉSOLÉE ! PRENEZ LES DEVANTS !

ENCORE EN TRAIN DE DOR-MIR...
...
MOI QUI PENSAIS QU'À OKINAWA, NOUS REGARDERIONS ENSEMBLE LES ÉTOILES ET QUE NOUS PASSERIONS DES JOURNÉES ROMANTIQUES SUR LA PLAGE...
POURQUOI TU REFUSES DE PASSER DU TEMPS AVEC MOI ? TU POURRAIS M'INVI-TER DE TEMPS EN TEMPS...

TU ES TROP BÊTE, FUJIKA-WA...
IL FAUT DIRE QU'ELLE N'EST PAS FACILE...
QU...
QU'EST-CE QUE TU ME VEUX ?
...
IL ME SEMBLE QUE C'EST TOI QUI AS BESOIN DE MOI !

WOP !
TU VOULAIS ALLER VOIR LES ÉTOILES ET PASSER UNE NUIT ROMANTIQUE AVEC MOI, NON ?
QU... QU'EST-CE QUE TU RACONTES ?
TU RÊVES ! TU DIVAGUES, MON PAUVRE !
ON Y VA OU ON N'Y VA PAS ?
...
BON...
BON, SI TU INSISTES, JE NE SUIS PAS CONTRE !
SI TU AS ENVIE...
ELLE EST VRAIMENT COMPLIQUÉE !

JE JOUE AVEC LA CAROTTE ET LE BÂTON !
VOILÀ POUR-QUOI...
... JE NE LA LÂCHE PAS, SANS JAMAIS ME LASSER...
MAIS SI ELLE FINISSAIT PAR S'INTÉ-RESSER À UN AUTRE GARÇON ?
QUESTION STUPIDE !
DE TOUTE FAÇON...

« JE T'AIME »...
... CE N'EST PAS POUR AUTANT...
... QU'IL FAUDRA QU'ELLE S'ATTENDE À CE QUE JE LUI DISE FACILEMENT...
... « JE T'ADORE ! »
FIN

ATTENTION !

Ce manga est publié dans son sens de lecture original. Vous êtes ici à la fin du tome. Commencez par la dernière page et lisez les bulles de droite à gauche.

Directeur de l'édition française **ALAIN GUERRINI**. Comité de direction **A. GUERRINI, A. DENECHERE, S. DALLAIN**. Directeur délégué **SÉBASTIEN DALLAIN**. Directeur éditorial européen **MARCO M. LUPOI**. Responsable éditorial **WALTER DE MARCHI**. Responsable marketing opérationnel **MARJORIE TODRANI**. Coordinatrice commerciale **VALÉRIE BRYNDZA**. Contrôleur de gestion **GRÉGORY PELUSO**. Communication et relations presse **SOPHIE CONY**. Coordinateurs éditoriaux **MATTEO LOSSO, ANNA RODELLA**. Supervision **LAETITIA SAMMARTINO**. Rédaction **VÉRONIQUE PARRA, SANDRINE VAUBOIS**. Rédacteur **MATTIA DAL CORNO**. Directeur artistique **MARIO CORTICELLI**. Conceptrice graphique **SABRINA PIU**. Maquettiste **CHIARA BENASSI**. Responsable production **ALESSANDRO NALLI**. Avec la collaboration de **J. BAGLIO, A. JODKOWSKI, MPG** et de toute l'équipe de Panini.

REAL KISS - ISBN : 978-2-8094-1377-9. Un ouvrage PANINI MANGA / PANINI FRANCE S.A. Commercialisation et relations média : PANINI FRANCE S.A. - Z.I. SECTEUR D - B.P. 62 - 06702 SAINT-LAURENT-DU-VAR CEDEX - www.paninimanga.fr - presse-bd@panini.fr - Tél. 04 92 12 57 57 Fax 04 92 12 57 58. Dépôt légal : novembre 2010. PANINI MANGA est une marque déposée par PANINI FRANCE S.A. Impression : Industria Grafica Editoriale Pizzorni s.r.l., CREMONA.
Imprimé en Italie / Printed in Italy.